AF221538

Das Buch

Einhörner sind bekanntlich Fabelwesen, die es nicht gibt. Das macht die Suche nach ihnen so schwierig. In der Swinger-Szene werden deshalb Paare, die eine einzelne Frau für Sex zu dritt suchen, gern als Einhorn-Jäger bezeichnet. Eine Frau hingegen darf aus einem großen Angebot wählen, wenn sie offen dafür ist, zum Einhorn zu werden. Ich bin sehr offen dafür.

Die Autorin

Nina Noisee wurde 1981 in Niedersachsen geboren. Sie studierte Betriebswirtschaft. Heute lebt und arbeitet sie in Köln.
Mit Mitte 30 entdeckte sie ihre Leidenschaft für das Swingen. Die Idee, Bücher über dieses Thema zu schreiben, verdankt sie einer lieben Freundin.

Nina Noisee

Meine Nacht zu dritt

Bekenntnisse einer Swingerin (2)

Bibliografische Information der Deutschen Nationalbibliothek:
Die Deutsche Nationalbibliothek verzeichnet diese Publikation in der Deutschen Nationalbibliografie; detaillierte bibliografische Daten sind im Internet über http://dnb.dnb.de abrufbar.

Herstellung und Verlag: BoD – Books on Demand, Norderstedt

ISBN: 978-3-754302613

Vermutlich ist es völlig normal, dass man als Solofrau in einem Erotikportal von Mails zuweilen zugeschüttet wird. So jedenfalls erging es mir, als ich mein Profil bei Joyclub eingerichtet hatte. Die meisten dieser Mails wanderten unbeantwortet in den Mülleimer. Was soll frau auch antworten, wenn ein Unbekannter lediglich „Na du, alles klar?" oder „Hi, auch so viel Lust?" schreibt? Was dachten sich solche Männer eigentlich? Dachten sie sich überhaupt etwas bei ihren spärlichen Mails? Vielleicht betrachteten sie lediglich meine Nacktbilder im Profil und kamen nur noch zu der Erkenntnis: schlanke Frau mit großen Brüsten – ficken!

Die Mail eines Paares, die an diesem Abend in mein Postfach fiel, war anders – auch wenn sie mich im ersten Moment etwas verwirrte:

Guten Tag fremde Frau, du hast ein sehr schönes Profil. Wie wir sehen, gehören auch Paare zu deinem Suchschema – was bei einzelnen Frauen ja nicht sooooo häufig der Fall ist. Wir beide haben inzwischen einige Erfahrungen in der Welt der Swinger sammeln dürfen. Und je länger wir uns hier tummeln, umso mehr kommt bei uns der Wunsch auf, eine einzelne Frau zu finden. Nicht nur für Katja, die ihre Bi-Neigung gern noch mehr ausleben möchte, sondern wirklich für uns beide. So sind wir nun zu Einhornjägern geworden. Bist du ein Einhorn? Liebe Grüße, Katja und Patrick

Was bin ich? Ein Einhorn? Bevor ich mich jetzt als vollkommen unwissend outen wollte, zog ich die große Suchmaschine im Internet zu Rate. Im Zusammenhang mit Sex war mir der Begriff Einhorn bisher noch nicht untergekommen. Nun aber lernte ich, dass man eine Frau als Einhorn bezeichnet, die Sex mit einem Paar hat. Ganz einfach deshalb, weil solche Frauen fast ebenso schwer zu finden sind wie Einhörner – und das sind ja bekanntlich Fabelwesen. Paare, die eine einzelne Frau als Ergänzung für ihren Sex suchen, werden dementsprechend als Einhornjäger bezeichnet. Aha – wieder etwas gelernt, dachte ich schmunzelnd, als ich diese Erklärung gelesen hatte.

Einhorn, grübelte ich. Irgendwie gefiel mir der Begriff. Und die Fantasie, mit der er in der Welt der Swinger verknüpft war, gefiel mir auch. So sah ich mir das Profil von Katja und Patrick genauer an. Die Frau war 36 Jahre alt und damit genauso alt wie ich, er war sieben Jahre älter. Bei Joyclub waren die beiden schon seit drei Jahren eingeloggt, hatten bisher aber relativ wenige reale Kontakte gehabt, wie ich ihren Texten entnehmen konnte. Bei ihr war der Vermerk Bi-Neugierig angegeben – ebenso wie auch bei mir. Er hingegen bezeichnete sich als hetero. Aber seine nicht vorhandene Affinität zum eigenen Geschlecht wäre ja für eine Dreierkonstellation, wie die beiden sie suchten, ja auch unerheblich. Bei ihr spielte das schon eine größere Rolle – eine deutlich größere Rolle!

Erfreulicherweise hatten mir die zwei gleich mit der ersten Mail auch ihr geschütztes Fotoalbum geöffnet, sodass ich ihnen einen virtuellen Blick in die Augen werfen konnte – und der gefiel mir. Sie hatte relativ lange blonde Haare, blaue Augen und hätte locker als Skandinavierin durchgehen können. Er erinnerte mit seinen krausen schwarzen Haaren und den braunen Augen eher an einen Italiener. Sie war mit 1,64 Meter etwas kleiner als ich, er mit 1,88 dafür umso größer. Beide wirkten recht sportlich, die Urlaubs-Strandbilder zeigten zwei attraktive Menschen. Und da auch ihre Texte sowie ihre Mail sympathisch wirkten, antwortete ich ihnen:

Hallo ihr zwei, ich weiß nicht, ob ich wirklich ein Einhorn bin. Aber mir gefällt euer Profil, und ich könnte mir gut vorstellen, mal einen Kaffee oder was auch immer mit euch zu trinken – auch wenn ihr ja leider nicht so direkt um die Ecke wohnt. Aber da ich aus beruflichen Gründen ohnehin viel auf Reisen bin, empfinde ich Entfernungen als relativ. Falls ihr also nach dem virtuellen Blick in meine Augen Lust auf einen Kaffee (oder vielleicht auch ein gemeinsames Abendessen) habt, dann meldet euch. Liebe Grüße, Nina

Ich hängte an meine Antwort-Mail ein Foto an, auf dem ich zwar nicht viel Haut zeigte, dafür aber mein Gesicht – im Gegensatz zu den allgemein sichtbaren Bildern in meinem Profil, die mehr Haut, aber keine Augen erkennen ließen.

Die Reaktion kam schnell, und sie war ausgesprochen positiv. Sie freuten sich über meine Einstellung zu trennenden Kilometern und sprachen eine Einladung in ihr Reihenhaus bei Kassel aus. Ich wohnte damals noch in Hannover, die Entfernung hielt sich also in Grenzen. Ungefähr eine Stunde mit dem ICE. Nur mit dem Termin wurde es etwas schwieriger. Die beiden wollten mich eigentlich gleich für das kommende Wochenende einladen. Aber da war ich mit meinem Freund Marco verabredet. Und da ich anderweitige Kontakte keinesfalls über diese Beziehung stellen wollte, mussten die beiden Hessen warten. Ich schlug das darauffolgende Wochenende vor, aber da hatten sie keine Zeit. Schließlich dauerte es einen Monat, bis ich an diesem frühen Samstagnachmittag im Zug nach Kassel saß.

In der Zwischenzeit hatten wir immer mal wieder kurze Mails ausgetauscht, zunächst über Joyclub, später über WhatsApp. Dreimal erhielt ich auf diesem Weg auch stilvolle Nacktfotos: eins von ihr, eins von ihm und eins von beiden – wer auch immer letzteres Bild aufgenommen haben mochte, das die beiden in einer sehr intimen Pose zeigte. Da ich mich nicht mit entsprechenden Fotos revanchierte, hörten solche Bildersendungen aber wieder auf.

Als ich nun im Zug saß, betrachtete ich diese drei Fotos eine ganze Weile und fragte mich, ob ich Lust haben würde, mit diesen zwei Menschen Sex zu haben. Die Frage konnte ich eindeutig bejahen. Ich war mir nur unschlüssig, wer von beiden mich mehr reizte. Ich hatte zwar große Lust, meine (damals noch sehr begrenzten) Bi-Erfahrungen auszubauen, aber der Mann wirkte auf mich ebenfalls sehr anziehend. Falls es wirklich zum Sex mit den beiden kommen sollte, würde ich mich aber glücklicherweise nicht entscheiden müssen. Sie wollten ja ausdrücklich Sex zu dritt.

Die Frage des Schaffners nach meinem Ticket riss mich aus meinen Tagträumen und ich wirkte wohl etwas verlegen, als ich ihm mein Handy-Ticket präsentierte – wofür ich aber erst einmal Patricks Nacktfoto vom Bildschirm wischen musste. Ich war mir sicher, dass der Schaffner das Bild ebenfalls gesehen hatte, und ich lief vermutlich ein bisschen rot an. Für den Rest der Fahrt vertiefte ich mich dann lieber in die E-Paper-App meiner Heimatzeitung. Und ich schickte meinem Freund eine WhatsApp, in der ich ihm mitteilte, dass ich auf dem Weg zu meinem Date sei.

Marco und ich waren zu diesem Zeitpunkt seit ungefähr einem Jahr ein Paar. Wobei die Bezeichnungen „Freundschaft plus" oder „offene Beziehung" vielleicht eher auf uns zutrafen. Eine gute Freundin, mit der ich vor Kurzem über meinen neuen Freund gesprochen hatte, hatte uns mit der Bezeichnung „Fickverhältnis" belegt. Aber das traf es nach meinem Empfinden nun auch wieder nicht. Es war schon mehr als nur der Sex, was uns verband. So ganz passten wir wohl in keine Schublade.

Wir hatten eine Fernbeziehung (er in Hamburg, ich in Hannover), und bereits ein halbes Jahr nach unserem Kennenlernen hatte er mich in die Welt der Swinger eingeführt. Anders als die meisten Paare in dieser Szene hatten wir aber keineswegs den Anspruch, alle Abenteuer gemeinsam zu erleben. Im Gegenteil: Wir hatten ausdrücklich vereinbart, dass auch Alleingänge erlaubt waren. Und deshalb hatten wir in diesem Erotikforum auch jeder ein Soloprofil.

Kurz vor meinem Kontakt mit den beiden nordhessischen Einhornjägern hatten Marco und ich ein Paar kennengelernt, das beim Partnertausch gern getrennte Wege gehen wollte – und wir hatten uns darauf eingelassen. So hatten wir beide erstmals ein Soloabenteuer. Jedenfalls war es für mich der erste Alleingang gewesen. Ob das auch für Marco galt, konnte ich nicht genau sagen. Wir hatten zwar völlige Offenheit vereinbart, aber das galt für ihn wohl eher auf Nachfrage. Von sich aus erzählte mein Freund wenig über das, was er die Woche über in Hamburg tat, wenn wir uns nicht sahen. Dass ich ihm von meinem bevorstehenden Date mit dem Paar in Kassel erzählte, war für mich hingegen selbstverständlich. Vielleicht sind Frauen in dieser Hinsicht generell mitteilsamer. Ich jedenfalls.

Er wünschte mir nun in seiner Antwort-WhatsApp viel Spaß – und schickte einen virtuellen Kuss mit. Ich war gespannt darauf, wie viel Spaß ich mit Katja und Patrick haben würde. Und vor allem: ob überhaupt.

Wir trafen uns in einem Bistro in der Kasseler Innenstadt. Die beiden hatten zunächst vorgeschlagen, dass ich direkt zu ihnen nach Hause kommen solle und sie mich gern vom Bahnhof abholen würden. Aber das ging mir dann doch zu schnell. Ein erstes Beschnuppern auf neutralem Boden war mir wesentlich lieber. Und zu besagtem Bistro fuhr ich auch lieber mit dem Taxi. Damit hatte ich meine Eigenständigkeit unterstrichen. Das war mir wichtig – vor allem für den Fall, dass ich irgendwann das Bedürfnis haben sollte, das Weite zu suchen. Ich hatte zwar das Gefühl, dass sich dieses Bedürfnis nicht entwickeln würde, aber man konnte ja nie wissen. Virtuelle Kontakte waren doch immer etwas anderes als die Liveversion eines Menschen.

Der erste Eindruck bestätigte jedoch das sympathische Gefühl, das während unseres Mailwechsels in den vergangenen Wochen entstanden war. Die beiden waren bereits vor mir da, erhoben sich und umarmten mich zur Begrüßung liebevoll – gerade so, als wären wir alte Bekannte. Seltsamerweise entstand von vornherein ein großes Gefühl der Vertrautheit. Ich fühlte mich mit diesen beiden Menschen unglaublich wohl, und stellte irgendwann verblüfft fest, dass seit meiner Ankunft in diesem Bistro fast vier Stunden vergangen waren. Vier Stunden, in denen wir uns mehr oder weniger unsere Lebensgeschichten erzählt und viel gelacht hatten. Als die beiden schließlich vorschlugen, zum Abendessen zu ihnen zu fahren, hatte ich nichts mehr einzuwenden.

Hatte ich eigentlich eine Zahnbürste eingepackt?

Das Haus der beiden Einhornjäger lag in einem Neubaugebiet in einem Vorort von Kassel, und die Fahrt dauerte nicht übermäßig lange. Ich fand es sympathisch, dass sich Katja zu mir auf den Rücksitz setzte – auch wenn Patrick auf die Weise wie unser Chauffeur wirkte. Aber das nahm er selbst wohl gar nicht so wahr. Jedenfalls beteiligte er sich so gut es ging an unserem fröhlichen Gespräch. Während Katja und ich Seite an Seite auf der Rückbank saßen, fragte ich mich, wer von uns eigentlich den kürzeren Rock trug. Ich denke, es war Katja. Aber da ich etwas größer war als sie, wirkten meine Beine vermutlich dennoch länger.

Ich bemerkte, dass ich mich unwillkürlich mit ihr verglich – gerade so, als wollten wir beide denselben Mann abschleppen. Darauf konnte es zwar hinauslaufen, aber wir waren dennoch in keiner Weise Konkurrentinnen. Mitspielerinnen, würde es eher treffen. Trotzdem konnte ich mich nicht ganz freimachen von dem unsinnigen Vergleichsdenken.

Schon seltsam, was einem in solchen Situationen durch den Kopf ging. Ich hatte fast den Eindruck, sie könne in diesem Moment meine Gedanken erraten, als ich ihr auf die schönen Beine sah. Als sich unsere Blicke im nächsten Moment trafen, fühlte ich mich ertappt und lächelte verlegen. Dass sie plötzlich eine Hand auf mein Bein legte, überraschte mich. Aber ich hatte nichts dagegen. So verbrachten wir den Rest der Fahrt. Und je näher wir dem Ziel kamen, umso selbstverständlicher wurde in meiner Wahrnehmung ihre Berührung.

Es war ein typisches Reihenhaus, das die beiden bewohnten: unten Wohnzimmer und Küche, oben Schlafzimmer, Arbeitszimmer und Kinderzimmer. Ihre Tochter hatten sie für dieses Wochenende zur Oma ausgelagert, was sie ohnehin immer mal wieder machten.

„Das ist einer der großen Vorteile, wenn zwischen Oma und Enkelin eine große Liebe besteht", merkte Patrick schmunzelnd an, während er und seine Frau mich durchs Haus führten.

Als wir einen Blick ins Schlafzimmer warfen, lächelten wir alle irgendwie verhalten. Vermutlich hatte jeder von uns den gleichen Gedanken: Die Wahrscheinlichkeit, dass wir uns später zu dritt in diesem großen Doppelbett wiederfinden würden, war nicht ganz klein. Aber niemand machte eine Andeutung in diese Richtung oder unternahm gar den Versuch, den erotischen Reigen umgehend zu beginnen. Was ich als sympathisch empfand. Die Anlaufzeit war noch nicht beendet. Es hatte zwar schon im Bistro geknistert und im Auto sogar noch mehr (jedenfalls zwischen Katja und mir), aber reichte das schon aus für Sex zu dritt? Vermutlich ja, aber meine Gastgeber hatten wohlweislich fürs Abendessen eingekauft und wollten das gemeinsame Kochen offensichtlich nicht überspringen. Ich beschloss, dass ich der Gast war und mich ihrer Führung überlassen würde. Bevor sich die Tür zum Schlafzimmer wieder schloss, registrierte ich aber noch, dass der Raum bereits gut geheizt war.

Aha.

Zum Abendessen gab es Nudeln mit Lachs und dazu reichlich Rotwein. Wenn die beiden mich betrunken machen wollten, dann waren sie auf einem ganz guten Weg, schoss es mir irgendwann durch den Kopf, als Patrick immer wieder nachschenkte. Ich wechselte lieber erst einmal zu Wasser. Angeheitert war ich längst, und das fühlte sich wunderbar leicht an. Betrinken wollte ich mich aber besser nicht.

Nach dem Essen entstand eine seltsame Stille. Vermutlich hatten wir alle das Bedürfnis, uns nun doch so allmählich gegenseitig an die Wäsche zu gehen. Aber niemand wusste, wie man das am elegantesten einleitete. Alle drei hatten wir Swinger-Erfahrung, aber diese Situation war für uns alle doch ganz neu. Einfach auf Fingerschnipsen zum Sex übergehen? Das hätte ich dann doch als seltsam empfunden.

Vielleicht war der kleine Break ganz hilfreich, den Katja mit dem Abräumen des Esstisches einleitete. Natürlich halfen ihr Mann und ich dabei, wobei Patrick aber sehr schnell auf die Toilette verschwand. So fanden Katja und ich uns zu zweit in der nur spärlich beleuchteten Küche wieder, in der allerlei Kochutensilien und Geschirr auf den Arbeitsflächen standen.

Schließlich blieb ich einfach vor ihr stehen, sah ihr in die Augen und küsste sie. Sie ließ sich bereitwillig darauf ein. Mehr noch: Sie presste ihre Lippen geradezu gierig auf meine, wir umarmten einander, meine Hände wanderten unter ihren Rock und ihre unter meinen. Eng drückten wir uns aneinander. Das Gefühl, mit einer Frau zu knutschen und ihren Körper zu spüren, erregte mich.

„Und wer küsst mich?", hörten wir plötzlich Patricks Stimme.

„Ich küsse dich", entgegnete seine Frau schmunzelnd und betonte das Ich sehr deutlich.

Sie machte einen Schritt auf ihn zu, umarmte ihn und gab ihm einen langen, offensichtlich sehr zärtlichen Kuss. Als die beiden sich wieder voneinander lösten, stand ich direkt neben ihnen, lächelte Patrick an und sagte:

„Und ich auch – wenn ich darf."

Bevor einer der beiden etwas Falsches erwidern konnte (womit ich natürlich in keiner Weise rechnete), setzte ich meine Ankündigung um. Meine und Patricks Zungen fanden sich zu einem erst zärtlichen und dann immer wilder werdenden Spiel, das kaum ein Ende nehmen wollte. Erst als ich Katjas Lippen auf meiner Wange spürte, wandte ich mich ihr zu und küsste erneut sie. Dass sie anschließend noch einmal ihren Mann küsste, ergab sich ganz von selbst. Irgendwann fanden sich bei dieser wechselnden Knutscherei sogar alle drei Zungen zu einem gemeinsamen Tanz. Und dass ich nicht nur Katjas Hand unter meinem Rock spürte, erschien mir auch als beinahe selbstverständlich. Wobei ich während dieses Kuss-Reigens manchmal gar nicht so ganz genau wusste, wer da gerade seine Hand wo hatte. Ich spürte das Tasten auf meinem Po, zwischen meinen Beinen, auf meinen Brüsten. Und auch meine Hände gingen auf Wanderschaft über zwei verschiedene Körper.

„Lasst uns nach oben gehen", sagte Patrick schließlich während einer Kuss-Pause.

Niemand entgegnete etwas, aber alle drei hatten wir es eilig, die Küche zu verlassen und in den ersten Stock zu kommen. Ob Patrick mir auf der Treppe wohl unter den kurzen Rock sah? Ich war mir sicher, dass er das tat. Ich hatte beinahe das Gefühl, seine Blicke dort zu spüren, wo gerade noch seine Hände gewesen waren.

Kaum waren wir im Schlafzimmer, setzten wir unseren Kuss-Reigen im Stehen fort. Niemand machte sich die Mühe, eine Kerze zu entzünden oder irgendeine Lampe anzuknipsen. Lediglich eine Straßenlaterne brachte von draußen ein schwaches Zwielicht in den Raum.

Wieder gingen sechs Hände auf Erkundungsreise über drei Körper. Nun aber verloren wir alle dabei zunehmend unsere Kleidung. Als erstes kam mir aber nicht meine Bluse oder mein Rock abhanden, sondern mein Slip, den Patrick mir zielstrebig auszog. Als sich seine Finger anschließend zwischen meine Oberschenkel schoben, öffnete ich bereitwillig meine Beine – was er nutzte, um mir einen Finger tief in die Muschi zu stecken. Die war dafür längst feucht genug und sehr bereit für diesen Vorstoß.

Meine Hände waren währenddessen an Katjas Bluse. Ich öffnete sie, und sie tat das Gleiche bei mir. Kurz darauf landeten beide Kleidungsstücke neben dem Bett. Katja war damit oben ohne. Anders als ich trug sie keinen BH. Aber den hatte sie bei ihrer eher kleinen Oberweite auch nicht nötig. Dass sie sofort mit ihren Fingern am Verschluss meines Oberteils war, wunderte mich keineswegs. Kurz darauf war auch ich oben ohne und drückte meine Brüste gegen die ihren.

Leidenschaftlich küssten wir uns. Dass ihr Mann mich dabei auch von meinem Rock befreite, bekam ich nur so halb mit. Als Katja und ich unsere Lippen schließlich wieder voneinander lösten, waren wir beide nackt. Patrick hatte uns beide während der wilden Knutscherei auch von den letzten Kleidungsstücken befreit – während er noch immer komplett angezogen war. Was mich mehr wunderte als unsere Nacktheit. Vermutlich hatten Katja und ich den gleichen Gedanken: Diesen Zustand des Mannes mussten wir ändern!

Katja gab ihm einen Schubs und Patrick ließ sich rücklings auf das Bett fallen. Sofort waren wir bei ihm – wie zwei Katzen, die sich über eine Beute hermachten. Ich öffnete die Knöpfe seines Hemdes, Katja machte sich gleichzeitig an seiner Hose zu schaffen. Es dauerte nicht lange, und der Mann trug nur noch seinen Slip – in dem eine eindrucksvolle Beule deutlich erkennbar war. Gemeinsam massierten wir diese Beule. Aber weder Katja noch ich unternahmen nun Anstalten, Patrick auch noch dieses letzte Kleidungsstück abzustreifen – auch wenn ich ihm ansah, dass er genau darauf wartete. Doch nun ließen wir uns Zeit.

Männer musste man immer etwas hinhalten, dann wurden sie umso heißer – auch wenn man diesem Mann deutlich ansehen konnte, dass er bereits extrem heiß war.

Offensichtlich waren Katja und ich da völlig einer Meinung. Wir schalteten einen Gang zurück und spielten mit ihm. Beide ließen wir nur hin und wieder mal einen Finger unter den Stoff wandern, zogen ihn aber umgehend wieder zurück.

Ich hatte keine Ahnung, wie lange wir dieses Spiel mit ihm trieben. Schließlich war Katja es, die einen Kuss auf Patricks Beule drückte und ihn anschließend doch von seinem Slip befreite.

Der steife Schwanz, der zum Vorschein kam, war noch eindrucksvoller, als die mächtige Beule es bereits hatte erkennen lassen. Er war groß, richtig groß. Die Bilder im Joyclub-Profil hatten nicht zu viel versprochen. Ich konnte gar nicht anders, als danach zu greifen.

Ich warf einen Blick zu Katja und einen zu Patrick. Beider Lächeln verriet, dass sie stolz darauf waren, was der Mann an dieser Stelle zu bieten hatte. Mir schoss der Gedanke durch den Kopf, wie es sich wohl anfühlen würde, hätte ich nun in der anderen Hand Marcos Schwanz. Der war zwar auch nicht gerade klein, aber doch kleiner als dieses eindrucksvolle Stück Männlichkeit.

Ach ja, Marco. Was würde mein Freund wohl sagen, wenn ich ihm Einzelheiten meines Abenteuers berichten würde? Danach fragen würde er mit Sicherheit. Im nächsten Augenblick jedoch war er auch schon wieder aus meinen Gedanken verschwunden, und ich war ganz bei diesen beiden Menschen, in deren Bett ich mich befand.

Als Katja mich vom Schwanz ihres Mannes verdrängte und sich ihre Lippen darum schlossen, tauchte ich ebenfalls mit dem Kopf in diesen Schoß ab. Ich sah Katja aus nächster Nähe beim Blasen zu. Wir zwinkerten uns zu, und ich leckte an dem unteren Teil des Schwanzes – jenem Teil, den sie nicht in den Mund bekam. Sie entließ ihn wieder an die Luft und sah mich mit großen Augen an.

„Darf ich?", fragte ich.

Was für eine absurde Frage, schoss es mir umgehend durch den Kopf. Ich durfte nicht, ich sollte. Katja drückte mir den Schwanz ihres Mannes doch regelrecht entgegen. Sie wollte, dass ich ihn blies. Trotzdem hatte ich das seltsame Bedürfnis, sie um Erlaubnis zu fragen, bevor auch ich den Schwanz ihres Mannes in den Mund nahm.

Katja sah mich an und nickte, ohne ihren Blick zu verändern. Offenbar empfand sie meine Frage gar nicht als so absurd, wie ich das tat. Im nächsten Moment schlossen sich meine Lippen um diesen Schwanz. Zugleich spürte ich Patricks Finger an meinem Po und umgehend auch an meiner Pussy. Während ich unter Katjas aufmerksamen Blicken ihren Mann verwöhnte, zerrte er an meinen Beinen. Im ersten Augenblick verstand ich gar nicht, was er wollte. Dann aber wurde es mir aber doch klar – und das ließ sich in einer Zahl ausdrücken: 69.

Ich hob meinen Schoß über seinen Kopf und umgehend waren seine Hände an meinem Po – und seine Zunge zwischen meinen Schamlippen. Er leckte mich gierig, woraufhin auch mein anfänglich eher zärtliches Blasen intensiver wurde. Ich unterbrach es nur kurz, um Katja zu küssen. Wir bezogen bei unserem heftigen Zungenkuss auch Patricks Schwanz mit ein, dann aber nahm ich ihn wieder tief in den Mund – so tief das eben möglich war.

Als ich ihn dann doch wieder herausgleiten ließ, griff erneut Katja danach, blies ihn ebenfalls, aber nicht sehr ausgiebig. Im nächsten Augenblick hockte sie sich über seinen Schoß. Ich verstand, was sie wollte und richtete mich auf, um ihr Platz zu machen. Im nächsten Moment verschwand Patricks Schwanz tief in seiner Frau.

Ich hockte noch immer über seinem Kopf, nun aber weiter aufgerichtet. Ich sah Katja bei ihrem langsamen und gefühlvollen Ritt zu und spürte zugleich die Zunge ihres Mannes, die sich tief in meine Muschi schob. Irgendwie hatte ich das Gefühl, dass er auch mich fickte – nur eben nicht mit seinem Schwanz.

Katja und ich sahen uns lange an, ich griff nach ihren Brüsten und sie nach meinen. Schließlich küssten wir uns erneut. Dabei allerdings kamen wir aus dem Gleichgewicht, sodass ich mich im nächsten Moment neben den beiden wiederfand. Katja versuchte noch, mich festzuhalten, aber das hatte nur zur Folge, dass Patricks Schwanz aus ihr herausrutschte – was uns alle zum Lachen brachte.

Ich lag nun auf dem Rücken, sofort war Patrick über mir. Er hockte sich über meinen Oberkörper und schob seinen Schwanz zwischen meine Brüste. Ich drückte sie zusammen und er begann einen Busenfick. Der Gedanke, dass dieser feuchte Schwanz gerade eben noch in seiner Frau gesteckt hatte, erregte mich. Katja legte sich zu mir und flüsterte:

„Das liebt er. Bei mir geht das ja leider nicht."

Ich reagierte mit einem Lächeln. Sollte ich etwas erwidern auf Katjas Hinweis zu unseren recht unterschiedlichen Oberweiten? Das musste nicht sein. Ich genoss ganz einfach Patricks Schwanz an dieser Stelle. Und als Katjas Zunge immer wieder an seiner Eichel leckte, wenn sie zwischen meinen Brüsten zum Vorschein kam, empfand ich das als eine wundervolle Ergänzung. Auf die Weise nahm Katja dann doch an diesem Busenfick teil. Sex zu dritt hatten die beiden gewollt. Dies hier war Sex zu dritt!

Patrick erhöhte sein Tempo, auf seiner Stirn standen kleine Schweißperlen und er atmete immer schneller. Stand er etwa schon vor dem Orgasmus? Es dauerte nicht lange, und ich bekam die Bestätigung. Sein Sperma quoll zwischen meinen Brüsten hervor. Und es war viel, sehr viel.

Allerdings blieb es dort nicht. Katja leckte es von meiner Haut und schluckte es. Am Ende nahm sie auch noch den Schwanz in den Mund und leckte ihn genüsslich ab. Schließlich sah sie mich mit großen Augen an, öffnete leicht die Lippen und war sich offenbar unschlüssig, ob sie mich küssen durfte. Das empfand ich als sehr einfühlsam. Nicht jede Frau mochte schließlich den Geschmack von Sperma. Dass das bei mir sehr wohl der Fall war, konnte sie nicht wissen. Über solche Details hatten wir uns im Vorfeld unseres Dates nicht ausgetauscht. Ich nahm ihr die Entscheidung ab und küsste sie – weich, innig und intensiv. Ihr Kuss hatte einen erregenden Geschmack.

Eigentlich hätte ich erwartet, dass unser Liebesspiel weitergehen würde. Aber als unsere Knutscherei endete, setzte sich Katja ans Kopfende des Bettes, während Patrick aufstand und das Schlafzimmer verließ. Ich hörte eine Tür klappen, er war wohl ins Bad gegangen.

„Das geht manchmal sehr schnell bei ihm", sagte Katja. „Zumindest beim ersten Mal. Aber dafür braucht er keine lange Pause."

Ich musste schmunzeln. Offenbar hatte sie das Bedürfnis, den verhältnismäßig schnellen Höhepunkt ihres Mannes irgendwie zu rechtfertigen. Was eigentlich überflüssig war. Er hatte seinen Busenfick zwar nicht übermäßig ausgedehnt, aber derart schnell hatte er nach meiner Wahrnehmung dann auch wieder nicht abgespritzt. Das hatte ich schon anders erlebt. Vielleicht empfand Katja es als aber unangemessen, dass es ihm gekommen war, bevor das auch bei ihr und mir der Fall gewesen war. Ich hatte damit eigentlich kein Problem. Wenn ein Mann so weit war, dann war er eben so weit. Es gab ja auch noch andere Möglichkeiten, eine Frau zu befriedigen, als sie zu ficken. Und ich war doch recht zuversichtlich, dass unser Sex zu dritt noch nicht beendet war.

„Die Nacht fängt ja gerade erst an", sagte ich, setzte mich neben sie und legte eine Hand auf ihr Bein.

Sie lächelte und nickte.

„Du hast tolle Brüste", sagte Katja und begann, daran zu spielen. „Du hast D, oder?"

„Ja, da hat es die Natur gut mit mir gemeint", bestätigte ich.

Tatsächlich war ich ein wenig stolz auf meine nicht gerade kleinen Brüste. Ich war zwar keine 20 mehr, aber sie waren noch immer fest. Vermutlich war das eine Nebenwirkung meiner Kinderlosigkeit. Andererseits war Katja Mutter und hatte trotzdem feste Brüste. Aber ihre waren ja auch deutlich kleiner als meine.

„Ich habe nur A. Gibst du mir eine Körbchengröße ab?", fragte sie versonnen.

„Wenn du mich das beim Joggen fragen würdest, dann hätte ich keine Einwände. Wäre aber auch schade. Deine Brüste sind zwar nicht so groß, aber sie sind fest und schön. Was will frau mehr?"

Sie lächelte. Offenbar gefiel ihr mein (durchaus ehrlich gemeintes) Kompliment. Unser kleines Gespräch über weibliche Oberweiten endete jedoch abrupt. Patrick kam zurück und auch Katja stand auf.

„Ich wasche auch gerade mal eben seine Hinterlassenschaften ab. Kommst du gleich mit?"

Dabei betrachtete sie ihre geöffneten Hände, an denen sich noch Spermareste befanden. Ach ja, deshalb der umgehende Break, nachdem es Patrick gekommen war. Es war Sperma nun im Spiel, und die beiden wollten es vor einer nächsten Runde beseitigen – schließlich hatten sie ja einen Gast in ihrem Ehebett. Eigentlich hätte ich das gar nicht so eng gesehen. Selbst wenn Katja mich befingert hätte, hätte ich das sicherlich genossen und mir keine großen Gedanken über Fremdsperma gemacht. Über Verhütung musste ich mir dank Spirale keine Sorgen machen – was ich den beiden in unserem Mailaustausch im Vorfeld verraten hatte. Aber ich fand es doch sehr schön, dass die zwei Rücksicht nahmen und zumindest die wichtigsten Regeln von Safer Sex beachteten. Zumindest bei Swinger-Kontakten war so etwas schon besser.

Ich ging mit Katja ins Bad und duschte mich kurz ab. Sie reinigte sich ebenfalls und wir gingen zurück ins Schlafzimmer.

Patrick saß ans Kopfende gelehnt mitten auf dem großen Bett und sah uns an. Sein Schwanz war eingefallen, aber das war nach seinem Orgasmus ja auch normal. Ich war gespannt, ob Katja mit ihrer

Ankündigung recht behalten würde und er tatsächlich keine lange Pause brauchte.

So wie er da saß, wirkte der Mann wie ein Pascha, der seinem Harem entgegenblickte. Wenn ich es mir recht überlegte, dann hatten Katja und ich eine Menge getan, um genau dieses Gefühl in ihm zu erzeugen oder zumindest zu bestärken. Er hatte bisher im Mittelpunkt gestanden – beziehungsweise gelegen. Erwartete er, dass das so blieb? Wollte ich, dass das auf die Weise weiterging?

Vielleicht hatte Katja den gleichen Gedanken wie ich. Jedenfalls krabbelten wir nun nicht umgehend wieder zu ihm auf das Bett, sondern blieben davor stehen, und umarmten und küssten uns. Ich hatte das Gefühl, seine Blicke auf unseren nackten Körpern spüren zu können. Wir ließen unsere Zungen mit offenen Mündern miteinander spielen und streichelten uns gegenseitig. Natürlich war mir klar, dass wir ihm eine Show lieferten – und genau das prickte mich in diesem Moment.

Als ich schließlich wieder zu Patrick sah, stellte ich fest, dass unsere Show ihre Wirkung nicht verfehlt hatte: Sein Schwanz war zwar noch nicht wieder vollkommen steif, hatte aber doch bereits wieder eine stattliche Größe angenommen. Vermutlich brauchte er tatsächlich keine lange Pause.

Doch wir machten keinen Gebrauch von dem Angebot zwischen seinen Beinen, sondern setzten unsere gegenseitigen Liebkosungen im Stehen fort.

Ich spürte Katjas Finger an meiner Pussy und öffnete die Beine, als sie nach meinem Kitzler tastete. Ich stellte ein Bein auf den Rand des Bettes – Patrick musste nun einen sehr deutlichen Blick auf meine glattrasierte Muschi haben.

Erneut sah ich zu ihm. Im Blick seiner weit geöffneten Augen lag Geilheit, sein Schwanz war weiter gewachsen und hatte wieder seine volle Größe erreicht. Für ein paar Sekunden sahen wir uns an, während Katja meine Brüste küsste und meine Muschi streichelte. Ich war mir sicher, dass Patrick in diesem Augenblick vor allem einen Gedanken hatte: ficken – und zwar mich. Auch ich hatte große Lust, seinen Schwanz in mir zu spüren.

Aber nicht sofort. Dafür war es einfach zu schön, was seine Frau in diesem Augenblick mit mir tat. Und nun setzte sich Katja auch noch auf den Rand des Bettes, drückte ihr Gesicht in meinen Schoß und machte mit der Zunge an der Stelle weiter, an der soeben noch ihre Finger gewesen waren. Ich spürte ein leichtes Zittern in mir und ahnte, dass sie mich auf die Weise bald zu einem Höhepunkt lecken würde. Ich sollte recht behalten.

Als es mir kam, schrie ich das Haus zusammen. Katja leckte nicht weiter, aber sie drückte ihre Zunge weiterhin sanft auf meinen Kitzler – mit genau dem richtigen Druck, der mich nicht überreizte, sondern meinen Orgasmus wundervoll verstärkte, sodass ich ihn vollends auskosten konnte.

Schließlich aber war mir selbst diese zärtliche Berührung zu viel, und ich griff zu ihrem Kopf. Sie sah mich an und strahlte. Dass ihre Lippen feucht schimmerten, wirkte sehr sinnlich. Ich setzte mich zu ihr und küsste sie erneut.

Wieder dehnten wir unsere Knutscherei lange aus, und ich ließ währenddessen eine Hand in ihren Schoß gleiten. Kurz darauf tauchte ich mit dem Kopf zwischen ihre Oberschenkel und verwöhnte sie auf die gleiche Weise, wie sie es kurz zuvor mit mir getan hatte. Der Geschmack ihrer Muschi erregte mich. Und als ich einmal kurz zu ihrem Gesicht schielte, fand ich es schön, dass Patrick sich zu ihr gebeugt hatte und sie leidenschaftlich küsste. Er mischte sich wieder ein, aber nur ganz wenig – gerade so viel, dass er unser Spiel nicht störte, sondern lediglich ergänzte.

Ich konzentrierte mich wieder ganz auf Katjas Pussy. Es dauerte etwas länger als bei mir, aber schließlich durchzuckte auch sie ein deutlicher Orgasmus. Anders als ich blieb sie jedoch ganz leise dabei.

Als ihr Höhepunkt abgeklungen war, legte ich mich auf sie. Dass sie ihre Beine nun weit öffnete, war wohl irgendwie ein Reflex. Wäre ich ein Mann gewesen, hätte ich jetzt mühelos in sie eindringen können. Für einen Moment stellte ich mir vor, wie es wohl wäre, mit einem umgeschnallten Strapon eine Frau zu ficken. Das wäre sicherlich eine spannende

Erfahrung. Aber nicht hier und jetzt. Jetzt wollte ich ganz und gar als Frau bei dieser Frau sein.

Ich empfand es als reizvoll, dass wir uns aneinanderdrückten. Ich drehte mich, öffnete meine Beine und drückte meinen Schoß scherenartig in ihren, sodass wir uns nun nicht nur aufeinanderdrückten, sondern unsere Muschis wirklich aneinander rieben. Gut, dass das Ehebett der beiden so groß war. Für diese Stellung brauchte man einigermaßen Platz.

Patrick mischte sich nun wieder mehr ein. Er ließ seine Hände zwischen unsere Beine gleiten. Seine Finger liebkosten meinen Kitzler, vermutlich reizte er dabei auch zugleich den von Katja. Er nahm aber auch seine zweite Hand dazu und streichelte uns beide, zunächst mit sanften, dann mit immer schnelleren Bewegungen. Schließlich kam es mir ein zweites Mal. Als Patrick weiter an meinem Kitzler rieb, hielt ich seine Hand fest. Er konzentrierte sich auf seine Frau, und auch sie erlebte kurz nach mir einen zweiten Höhepunkt.

Nun tauchte Patrick mit seinem Kopf zu uns ab. Katja und ich rückten ein wenig auseinander – gerade so weit, dass Patrick seine Liebkosungen mit der Zunge fortsetzen konnte. Er leckte mich, dann seine Frau, dann wieder mich, dann erneut Katja. Es hatte fast den Anschein, als könne er sich nicht entscheiden, wessen Pussy er lieber verwöhnen wollte. Aber ich war mir sicher, dass er dieses Hin und Her zwischen zwei weit geöffneten Schößen genoss. Mir ging es ja nicht anders.

Irgendwann griff ich nach seinem Kopf, zog ihn zu mir und küsste ihn. Dabei ließ ich mich wieder auf den Rücken fallen und zog ihn mit mir. Er lag nun zwischen meinen Beinen, ich spürte seinen steifen Schwanz in meinem Schoß, er setzte zu fickartigen Bewegungen an, aber natürlich drang er nicht in mich ein. Allzu weit von meiner Muschi entfernt war sein steifer Schwanz allerdings nicht. Ich konnte sein Reiben an der Innenseite eines Oberschenkels deutlich spüren. Dabei ließen wir uns keine Sekunde aus den Augen.

Erst Katjas Bewegung neben uns riss mich wieder aus meiner sinnlichen Trance. Als ich sie ansah, hatte sie ein Kondom in der Hand und riss soeben die Verpackung auf. Auch Patrick bemerkte das, rollte sich wieder von mir herunter und ließ sich von seiner Frau das Gummi über den Schwanz ziehen.

Anschließend war er sofort wieder zwischen meinen Beinen. Erneut rieb er an mir, nun aber direkt auf meiner Muschi. Im nächsten Augenblick war er in mir. Ich war derart feucht, dass er mühelos tief eintauchen konnte und mich mit erst behutsamen und dann immer schneller werdenden Stößen nahm. Dass Katja sich an mich schmiegte und mich küsste, empfand ich als sehr schön. Sie nur als Zuschauerin dabei zu haben, wäre mir seltsam erschienen.

Als sich unsere Lippen wieder voneinander lösten, sah sie mich mit großen Augen an. Offensichtlich erregten sie die Stöße ihres Mannes in mir beinahe ebenso wie mich selbst. Vielleicht ja sogar noch mehr. Auch mich hatte es bisher stets erregt, meinen Freund beim Fremdsex zu erleben. Als sich meine Hand in Katjas Schoß schob, traf sie dort auf ihre Finger. Sie machte es sich bereits selbst. Ich zog meine Hand zurück und war nun voll und ganz bei Patrick.

Seine Stöße wurden immer heftiger, und ich klammerte mich fest an ihn. Plötzlich packte er mich und drehte uns gemeinsam um. Ohne dass sein Schwanz bei der Aktion aus mir herausgeflutscht wäre, saß ich nun auf ihm. Ich richtete mich etwas auf und begann, auf ihm zu reiten. Meine Brüste wippten dabei deutlich – jedenfalls bis zu dem Moment, in dem Katja danach griff und sie massierte.

Ihre Handarbeit hatte sie aufgegeben. Hatte sie zwischenzeitlich einen Höhepunkt erlebt? Falls ja, dann hatte ich das nicht mitbekommen.

Als es mir jetzt kam, war ich erneut laut. Vielleicht nicht ganz so laut wie vorhin, aber doch deutlich lauter als Katja, die ganz offensichtlich eher zu leisen Höhepunkten neigte. Meine Bewegungen wurden langsamer, Patrick versuchte noch, mit seinen Stößen gegenzusteuern und unseren Fick fortzusetzen. Doch ich hatte das Bedürfnis, meinen Orgasmus einfach nur noch sanft ausklingen zu lassen und blockte seine Bewegungen von unten so gut es ging ab.

„Jetzt musst du noch einmal deine Frau ficken", sagte ich zu ihm, während ich von seinem Schoß stieg.

Er sah mich leicht irritiert an. Vermutlich hätte er es lieber mit mir zu Ende gebracht. Aber Katjas heftiges Nicken verriet, dass sie das ebenso sah wie ich. Sie kniete sich hin und streckte Patrick ihren schönen Po entgegen. Er kniete sich hinter sie und ich zog ihm das Kondom ab. Im nächsten Augenblick hatte er ihre Hüften gegriffen und war auch schon in ihr. Fasziniert sah ich zu, wie sein großer Schwanz tief in ihr verschwand. Ich küsste Patrick, ließ meine Hände über Katjas Po wandern und berührte dabei auch immer wieder seinen Schwanz.

Doch ich bekam Lust, mich an dem Fick der beiden noch mehr zu beteiligen. Ich legte mich auf den Rücken und schob meinen Körper unter den von Katja, sodass sie und ich uns schließlich in der 69 befanden. Meine Erwartung, dass sie mich lecken würde, erfüllte sich leider nicht. Das allerdings hielt mich nicht davon ab, das mit ihr zu tun. Aus nächster Nähe sah ich Patricks stoßenden Schwanz in ihrer Muschi. Und als meine Zunge Katjas Kitzler liebkoste, streifte sie auch immer wieder seinen Schwanz. Ich hatte so etwas schon hin und wieder in Pornofilmen gesehen und mich gefragt, wie sich das wohl anfühlen würde, wenn ich dabei die unten liegende Frau wäre. Nun wusste ich es: Es fühlte sich geil an.

Ich verstärkte mein Lecken, und das verfehlte seine Wirkung nicht. Bald erlebte auch Katja einen Höhepunkt, der ihren Körper beben ließ. Dieses Mal war auch sie halbwegs laut. Patrick hielt einen Augenblick inne, dann stieß er weiter in sie. Er wurde immer schneller. Es war offenkundig, dass auch er bald so weit sein würde.

„Zieh ihn raus", hörte ich mich sagen. „Ich will es sehen, wenn es dir kommt."

Es folgten nur noch ein paar kurze, aber heftige Stöße. Dann jedoch tat Patrick das, wozu ich ihn aufgefordert hatte: Er zog seinen Schwanz aus Katja zurück, machte es sich selbst, und im nächsten Augenblick spritzte sein Sperma auf ihren Po und ihre Pussy. Es lief herunter und tropfte mir auf das Gesicht. Was ich auf die Lippen bekam, leckte ich umgehend weg.

Als Patrick halbwegs zur Ruhe kam und aus seinem Schwanz kein Sperma mehr hervorquoll, ließ ich meine Zunge noch einmal durch Katjas Muschi gleiten. Ich leckte das Sperma ihres Mannes in sie hinein, anschließend robbte ich ein wenig unter ihr hervor, richtete mich so gut es ging auf und leckte das restliche Sperma von ihrem Po. Patricks große Augen und sein weit geöffneter Mund ließen mich schmunzeln.

„Ich dachte immer, so etwas passiert nur in Pornofilmen", sagte er schließlich.

Ich quittierte seine Bemerkung mit einem schmunzelnden Augenzwinkern.

„Du magst Sperma, kann das sein?", fragte mich Katja, als wir kurz darauf alle drei wieder ruhig und friedlich ans Kopfende des Bettes gelehnt nebeneinander saßen – ich in der Mitte.

„Das kann ich nicht abstreiten", bestätigte ich schmunzelnd.

„Gegen Patricks Sperma habe ich ja auch nichts", erwiderte Katja. „Das schlucke ich manchmal ganz gern. Aber fremdes im Mund finde ich nicht so toll. Einmal ist beim Swingen ein Mann plötzlich in meinem Mund gekommen. Da bin ich sofort ins Bad und habe mir den Mund ausgespült."

„Ich gehöre wohl zu einer kleinen Minderheit", entgegnete ich. „Sperma erregt mich ganz einfach. Ich sehe es gern, wenn es aus einem Schwanz herausprudelt, und ich schmecke es auch gern. Das hat vielleicht etwas mit dem ersten Sex meines Lebens zu tun."

Ich sah in zwei fragende Gesichter.

„Erzähl", forderte Katja mich auf.

Ich war als Teenager ein ziemlicher Spätzünder in Sachen Sex. Erst kurz vor dem Abitur konnte ich mich so richtig auf einen Jungen einlassen, dem ich schließlich auch erlaubte, mir an die Wäsche zu gehen. Unser erster Sex (wenn auch noch ohne Geschlechtsverkehr) fand im Auto seiner Eltern statt. Er saß auf dem Fahrersitz, ich auf dem Beifahrersitz. Ich trug einen Minirock, und während unseres ausgiebigen Knutschens befummelte er meine Pussy. Er machte das zwar nicht sonderlich einfühlsam, aber er bescherte mir trotzdem einen Orgasmus dabei. Mutter Natur hat mich erfreulicherweise mit einer recht guten Orgasmusfähigkeit ausgestattet.

Als mein Höhepunkt wieder abgeklungen war, griff der Junge nach meiner Hand und führte sie in seinen Schoß. Gemeinsam öffneten wir seine Hose, und schließlich hielt ich seinen steifen Schwanz in der Hand – das erste Mal in meinem Leben. Ich hatte wahnsinnig Herzklopfen dabei und rieb an dem Teil. Aber der Junge wollte mehr. Er nahm meinen Kopf und drückte ihn in seinen Schoß. Er wollte, dass ich seinen Schwanz in den Mund nahm. Ich war mir nicht so ganz sicher, ob ich das auch wollte. Aber nachdem ich mir sein bestes Stück eine Weile aus der Nähe angesehen hatte, tat ich es schließlich doch.

Ich schloss meine Lippen fest darum und rieb zugleich mit der Hand daran. Offenbar gefiel ihm das. Aber es gefiel ihm besser, als ich es erwartet hätte. Es dauerte jedenfalls nicht lange, bis er in meinem Mund kam – ohne jede Vorwarnung. Ich war völlig verblüfft. Und da ich nicht wusste, was ich damit machen sollte, habe ich es geschluckt. Es war einfach ein Reflex.

„Und seither magst du Sperma in deinem Mund?", fragte Katja.

„Ist wohl so", bestätigte ich. „Das hat mich offensichtlich geprägt."

„Es gibt schlimmere Vorlieben", warf Patrick grinsend ein.

„Das glaube ich, dass DIR das gefällt", entgegnete Katja.

Ich zuckte unschuldig mit den Schultern und lächelte beide an.

Wir blieben eine ganze Weile auf dem Bett sitzen, sprachen über Gott und die Welt und vor allem die verschiedenen sexuellen Erfahrungen in unserem Leben. Patrick holte Wein ins Schlafzimmer, entzündete eine Kerze, und es machte sich eine friedliche Nach-Sex-Stimmung breit – gemütlich, nicht unbedingt mehr erotisch. Vermutlich waren wir alle nach mehreren Höhepunkten einigermaßen satt. Wir ließen zwar alle auch mal Hände über Beine, Arme oder andere Körperteile wandern, aber mehr wurde daraus nicht.

Als ich von meinem ersten Swingerclub-Besuch erzählte (und dabei auch etwas mehr ins Detail ging), regte sich Patricks Männlichkeit zwar deutlich, aber das gab sich irgendwann auch wieder. Ich fragte mich, ob er wohl erwartete, dass Katja oder ich oder wir beide Hand (oder auch Mund) anlegen würden. Aber wir taten es nicht, und seine Erregung verschwand auch wieder – ganz allmählich und beinahe so unbemerkt, wie sie gekommen war. Bemerkt hatte ich es natürlich trotzdem. Und obwohl nicht mehr daraus wurde, fand ich es doch schön, dass der Mann derart deutlich auf meiner Erzählung reagiert hatte.

Irgendwann jedoch erstarb unser Gespräch mehr und mehr. Es war sehr spät geworden, und wir waren wohl alle inzwischen ziemlich müde.

Das Bett meiner Gastgeber war sehr breit und sie meinten, dass man die Nacht hier auch zu dritt verbringen könne. Sie hatten mir zwar auch eine Liege im Arbeitszimmer vorbereitet – aber wenn ich wolle, so könne ich auch einfach hierbleiben, schlugen sie vor. Ich wollte.

Vermutlich hatten sie das auch erwartet, und die Liege im Arbeitszimmer eher pro forma vorbereitet. Jedenfalls war das meine Mutmaßung. Ich hätte es als seltsam empfunden, den Rest der Nacht allein verbringen zu sollen.

Ich hatte absolut nichts dagegen, von diesen zwei liebenswerten und attraktiven Menschen eingerahmt zu werden. Jeder von uns verschwand noch einmal kurz ins Bad, Patrick löschte die Kerze, und wir kuschelten uns zu dritt aneinander. Ich spürte zwei nackte Körper an meinem – auf jeder Seite einen. Das gefiel mir und ich schlief mit einem zufriedenen, wohligen Gefühl ein.

Irgendwann tief in der Nacht wurde ich jedoch wach, weil Patrick das Bett verließ. Er kam kurz darauf zurück, offensichtlich war er im Bad gewesen. Als er wieder unter die Decke schlüpfte, drehte ich mich zu ihm und sah ihn an. Beide lagen wir auf der Seite, nur wenige Zentimeter voneinander entfernt. Ich konnte seinen Atem spüren und er sicherlich auch meinen.

Von draußen fiel noch immer der schwache Schein einer Straßenlaterne ins Schlafzimmer; niemand hatte sich die Mühe gemacht, die Vorhänge zuzuziehen. In dem Zwielicht konnte ich seine Augen halbwegs erkennen. Der Mann schien hellwach zu sein – im Gegensatz zu mir. Aber irgendwie wach war ich auch.

Jedenfalls hatte ich nicht das Bedürfnis, meine Augen sofort wieder zu schließen. Und als Patrick seine Finger sanft (sehr sanft) über meine Brüste streichen ließ, huschte ein Lächeln über mein Gesicht. Es war kaum eine Berührung, eher ein Hauchen mit den Fingerspitzen, was ich da spürte. Meine Brustwarzen richteten sich dennoch rasch auf. Oder vielleicht auch gerade wegen seiner überaus sanften Berührung. Jedenfalls empfand ich es als prickelnd, was er mit mir machte. Als er mich schließlich küsste, verstärkte das meine Erregung noch.

Seine offensichtlich auch. Ich ließ eine Hand in seinen Schoß wandern und stellte fest, dass er eine Erektion hatte. Beide schmunzelten wir, als sich meine Finger um seinen Schwanz schlossen. Es wunderte mich keineswegs, dass ich im nächsten Augenblick auch seine Finger in meinem Schoß spürte. Mühelos ließ er einen Finger zwischen meine Schamlippen gleiten. War ich schon wieder feucht oder immer noch? Als er mich nun immer mehr streichelte, rieb ich auch an seinem Schwanz – ebenso sanft, wie er das mit mir machte.

Dann allerdings zog er seine Hand zu meinem Bedauern aus meinem Schoß zurück. Schade, ich hatte gehofft, er würde mich zu einem sanften Höhepunkt streicheln. Ich wäre dabei auch ganz leise geblieben, um Katja nicht zu wecken.

Ach ja, Katja. War sie vielleicht auch wach geworden? Ich drehte mich kurz zu ihr. Sie lag auf dem Rücken, hatte ihre Decke halb weggestrampelt und atmete ruhig und gleichmäßig. Ihr Bauch hob und senkte sich, sie schlief tief und fest. Ich wandte mich wieder Patrick zu, der nun ebenfalls zu seiner Frau gesehen hatte. Gleichzeitig zuckten wir mit dem Schultern.

Patricks Hand lag nun auf meiner Hüfte. Von dort ließ er sie auf meinen Po weiterwandern. Plötzlich griff er fest zu und zog uns aneinander. Die wenigen Zentimeter Abstand zwischen uns waren verschwunden, ich spürte ihn nun Haut an Haut. Sein Schwanz in meiner Hand drückte gegen meinen Venushügel. Als ich die Hand wegzog, war sein Schwanz direkt an mir. Ich umarmte Patrick, wir küssten uns erneut. Dieses Mal intensiver. Während des langen Kusses kam eine leichte Bewegung in seinen Unterkörper. Sein Schwanz rieb auf meiner Haut, ich spürte, wie seine Eichel auch meine Pussy berührte. Nur ganz sanft und ohne allzu großen Druck, aber sie war direkt daran.

Als sich unsere Lippen wieder voneinander lösten, lächelten wir uns verhalten an. Ich hatte den Eindruck, dass wir beide nicht so recht wussten, wie dieses Spiel weitergehen sollte. Würde ich meine Beine nur ein wenig öffnen, würde Patrick mit seinem Schwanz auch ernsthaft an meine Schamlippen kommen können. Wollte ich das? Ich war mir nicht so sicher. Aber sich jetzt einfach umdrehen und weiterschlafen? Unmöglich! Dafür war dieses Spiel, das wir nun miteinander spielten, viel zu prickelnd.

Ich stellte fest, dass ich mich geirrt hatte. Ich musste meine Beine gar nicht öffnen, damit er meine Schamlippen erreichen konnte. Jedenfalls spürte ich, wie seine Eichel immer mehr auf meiner Muschi rieb. Ich war sehr feucht, und es war erregend, wie er mit seinem Schwanz auf dieser Feuchtigkeit hin- und her glitt. Er fickte mich nicht, aber viel fehlte nicht dazu. Man nannte so etwas „französische

Schlittenfahrt", wie ich vor Kurzem einmal irgendwo gelesen hatte.

Zu meiner Überraschung drückte er nun gegen meine Schulter. Er wollte wohl, dass ich mich auf den Rücken legen sollte – was auch immer er damit anzufangen gedachte. Ich drehte mich, aber ich legte mich nicht auf den Rücken, sondern auf die andere Seite, sodass er nun hinter mir lag. Jetzt konnte ich ihn nicht mehr sehen, aber ich spürte seinen Atem. Und nicht nur den.

Natürlich wunderte es mich keineswegs, dass ich Patricks Schwanz nun am Po spürte. Die feuchte Schlittenfahrt, die er gerade noch auf meinen Schamlippen vollführt hatte, setzte er nun zwischen meinen Pobacken fort. Die Feuchtigkeit dafür stammte aus meiner Muschi.

Wollte er mich anal nehmen? Oder wollte er einfach nur weiter spielen? Nein, anal hatte er offenbar nicht im Sinn, wie ich kurz darauf feststellte, als sich sein Schwanz nun wieder zwischen meine Oberschenkel drängte. Erneut rutschte er auf meinen Schamlippen hin und her. Und mehr und mehr rutschte er nun nicht nur auf, sondern auch zwischen meinen Schamlippen hin und her. Die Schlittenfahrt wurde intensiver, und ich ließ ihn gewähren.

Mein Blick fiel dabei auf Katja. Sie schlief noch immer den Schlaf der Gerechten. Sie sah wunderschön aus, wie sie da lag – ganz friedlich, der Welt entrückt und vermutlich in süßen Träumen. Ich hätte sie gern berührt und ihre Knospen geküsst. Aber ich wollte sie auch nicht wecken.

Plötzlich war Patrick in mir. Einfach so. Ich hatte nichts dafür getan, dies zu ermöglichen. Allerdings hatte ich auch nichts getan, es zu verhindern. Seine Stöße waren tief, aber ruhig. Vermutlich wollte er nicht das Bett zum Beben bringen, womit er dann wohl doch seine Frau geweckt hätte. Und das wollten wir ja beide nicht. Während er mich fickte, ließ er eine Hand zu meinen Brüsten wandern und knetete sie fest. Dass er eine Brustwarze zwischen die Finger nahm und fest drückte, verstärkte meine Erregung noch mehr. Schließlich ließ er diese Hand aber in meinen Schoß wandern und suchte meinen Kitzler. Er rieb daran, und ich ahnte, dass er mich auf die Weise sehr schnell zu einem Höhepunkt bringen würde.

Als es mir kam, drückte ich eine Hand vor den Mund, um möglichst keine Geräusche von mir zu geben. So halbwegs gelang mir das auch. Patrick zog seine Hand aus meinem Schoß, fickte mich aber im gleichen Tempo weiter. Kurz darauf kam es mir erneut – dieses Mal auch ohne seinen Finger an meinem Kitzler.

Seine Stöße wurden nun doch etwas heftiger. Ich schloss die Augen und genoss es einfach nur. Als er schließlich in mir kam, hatte ich einen dritten Orgasmus. Er war nur ganz sanft, er durchzuckte mich längst nicht so sehr wie die beiden vorangegangenen. Aber ich erlebte ihn fast gleichzeitig mit Patricks Höhepunkt. Wie geil war das denn!

Als ich nun meine Augen wieder öffnete, sah ich in Katjas Blick. Wann war die denn wachgeworden? Ihr Mann stieß soeben seine letzten, allmählich schwächer werdenden Stöße in mich, und Katja sah uns zu. Offenbar hatten wir das Bett doch zu sehr in Unruhe gebracht.

Ich konnte Katjas Blick im ersten Augenblick nicht so recht deuten. Sie war bei dem schwachen Licht auch nur undeutlich zu erkennen. War sie sauer, weil wir ohne sie Sex gehabt hatten? Nein, war sie nicht, wie ich nun feststellte, als sie mich küsste und sich eng an mich schmiegte. Kaum lösten sich unsere Lippen wieder voneinander, tauchte sie mit dem Kopf in meinen Schoß ab. Sie kam gerade noch rechtzeitig, um das Herausflutschen von Patricks Schwanz aus meiner Muschi aus nächster Nähe mitzubekommen. Sie griff danach und stellte wohl spätestens jetzt fest, was auch mir erst jetzt so richtig bewusst wurde: Ihr Mann und ich hatten es blank gemacht.

Eigentlich war das ein Unding beim Swingen. Wir hatten es dennoch getan. Ich war überhaupt nicht auf die Idee gekommen, zu einem Kondom zu greifen. Unser Sex hatte sich einfach so aus der Situation heraus entwickelt – ganz harmonisch, beinahe selbstverständlich. Ein Kondom? Wo hätten wir das denn in unser Liebesspiel einbauen sollen, ohne einen brutalen Break zu produzieren? Patrick hatte das vermutlich ähnlich wahrgenommen, wie ich mutmaßte. Oder anders ausgedrückt: Er hatte darüber wohl ebenso wenig nachgedacht wie ich.

Doch wie würde Katja auf dieses kleine, aber nicht ganz unwichtige Detail regieren?

Sie reagierte wundervoll. Ich spürte ihre Zunge zwischen meinen Schamlippen. Während Patricks schrumpfender und feuchter Schwanz noch immer gegen meinen Po drückte, leckte seine Frau sein Sperma aus meiner Muschi. Ich hatte jedenfalls ganz stark den Eindruck, dass sie genau das tat. Sie suchte gar nicht nach meinem Kitzler, es ging ihr nicht darum, mich zu verwöhnen. Sie wollte ganz offensichtlich sein Sperma. Ja, dachte ich. Nimm es dir. Es stammt von deinem Mann – also gehört es dir.

Das sah Katja wohl ganz genauso. Sie leckte mich lange und drang mit ihrer Zunge immer wieder so tief ein, wie sie konnte.

Als sie schließlich wieder aus meinem Schoß auftauchte, war ihr Mund feucht verschmiert. Dass sie mich umgehend küsste, war erregend. Unser Spermakuss war feucht und wild. Patricks Hand auf meinem Busen bemerkte ich dabei kaum. Ich ließ eine Hand zwischen Katjas Beine wandern und fand dort eine ebenfalls feuchte Muschi vor. Sie war beinahe so feucht wie meine eigene. Als wir unseren Kuss schließlich beendeten, sagte sie:

„Das nächste Mal weckt mich bitte etwas früher."

Ich musste verlegen lächeln.

Im nächsten Augenblick drückte sie über mich hinweg gegen Patricks Schulter. Er ließ sich auf den Rücken fallen, und Katja setzte sich auf seinen Schoß. Natürlich hatte sein Schwanz nicht mehr die Standfestigkeit, die er kurz zuvor in mir gehabt hatte. Aber zu meinem Erstaunen war doch noch (oder schon wieder?) steif genug, dass Katja ihn in sich aufnehmen konnte. Und während sie auf ihm zu reiten begann, wurde er offenbar auch wieder richtig hart. Zumindest war das mein Eindruck, als ich den beiden nun beim Ficken zusah.

Doch ich beließ es nicht beim Zusehen. Ich ließ eine Hand erneut in Katjas Schoß wandern, fand ihren Kitzler und streichelte ihn. Katjas Ritt wurde heftiger – ebenso wie ganz offensichtlich auch ihre Erregung. Patrick hatte seine Hände auf ihrem Po, er stieß sie nun auch immer mehr von unten. Offensichtlich war er wirklich wieder richtig steif. Was für ein potenter Mann, schoss es mir durch den Kopf. Er hatte nicht nur einen geilen Schwanz, er wusste auch eine Menge damit anzufangen.

Schließlich kam es Katja. Und sie war laut und heftig. Von wegen Neigung zu leisen Höhepunkten! Ihr Orgasmus schien kaum ein Ende nehmen zu wollen. Als er dann doch so allmählich abgeklungen war, ritt sie weiter auf ihrem Mann. Befriedigt war diese Frau noch lange nicht. Aber sie kam zu keinem weiteren Höhepunkt – jedenfalls nicht während dieses Ficks.

Patrick verkrampfte sich, und ich wusste, dass auch er noch einmal gekommen war. Er hatte kurz nacheinander zwei Frauen besamt. Wenn das für einen Mann nicht ein Highlight war – was dann? Ich sah ihm an, dass er das offenbar tatsächlich so empfand. Sein Gesicht wirkte nicht einfach nur glücklich und zufrieden, es war beinahe verklärt und entrückt von dieser Welt. Nur nicht von diesem Bett.

Katja ließ sich zur Seite fallen, öffnete ihre Beine weit und sah mich an. Mein Blick schwankte zwischen ihren Augen und ihrer feucht-glänzenden, verschmierten Pussy. Sie legte ihre Hand in den Schoß, öffnete ihre Schamlippen, und sagte:

„Jetzt du!"

Ich kniete mich zwischen ihre Beine, beugte mich in ihren Schoß, küsste ihre Muschi und tat dann das, was sie zuvor mit mir getan hatte: Ich leckte Patricks Sperma aus ihr heraus. Anders als sie beließ ich es damit jedoch nicht. Ich leckte zunehmend auch über ihren Kitzler und verstärkte den Druck.

Zugleich spürte ich Patrick hinter mir. Sein Schwanz drückte sich gegen meinen Po. Ich ahnte, dass er es am liebsten noch einmal mit mir gemacht hätte. Aber dazu war selbst dieser standfeste Mann jetzt erst einmal nicht mehr in der Lage. Sein Schwanz war nun völlig eingefallen. Doch ich fand es schön, dass er mir mit seinen Bewegungen signalisierte, dass er mich gern noch einmal gefickt hätte. Zudem verwöhnte er mich mit seinen Fingern. Kurz nachdem ich Katja zu einem Höhepunkt geleckt hatte, kam es auch mir noch einmal.

Was für eine Nacht!

Als ich am anderen Morgen wach wurde, war es draußen längst hell. Ich blinzelte gegen das Tageslicht, das durch das Schlafzimmerfenster hereinfiel. Der Mann neben mir schlief tief und fest. Ich sah eine Weile zu, wie er gleichmäßig atmete. Ich drehte mich zur anderen Seite und stellte fest, dass Katja verschwunden war. Ich hatte nicht mitbekommen, wann sie das Bett verlassen hatte.

Vorsichtig, um Patrick nicht zu stören, stand auch ich auf. Ich hatte das dringende Bedürfnis, auf die Toilette zu verschwinden. Und da ich schon mal im Bad war, stellte ich mich auch gleich unter die Dusche. Das heiße Wasser war wundervoll, und ich genoss es.

Vermutlich war ich beim Aufstehen doch nicht sonderlich leise gewesen. Patrick kam ein paar Minuten nach mir ebenfalls ins Bad. Ohne zu fragen, öffnete er die Tür der Duschkabine, gesellte sich zu mir und umarmte und küsste mich.

„Guten Morgen", sagte er zärtlich, während seine Hände meinen Po fest drückten und er mich an sich zog.

Sein Schwanz drückte sich gegen meinen Schoß. Er war schon wieder steif. Naja, das war ja bei den meisten Männern morgens nach dem Aufwachen der Fall. Allerdings hätte es mich auch nicht gewundert, wenn das nach dieser sexreichen Nacht bei diesem Mann anders gewesen wäre. War es aber nicht.

„Wo ist denn Katja?", fragte ich, während sich sein Schwanz in Richtung meiner Muschi drückte.

„Ich habe keine Ahnung", entgegnete er mit einem gierigen Funkeln in den Augen.

Offenbar interessierte ihn die Antwort auf diese Frage auch nicht weiter. Aber wir erhielten sie kurz darauf dennoch, als die Badtür aufging und seine Frau hereinkam – nur bekleidet mit einem leichten Morgenmantel. Sie betrachtete uns kurz durch die verglaste Wand der Duschkabine und sagte in einem verblüffend nüchternen Ton:

„Ficken könnt ihr später. Jetzt gibt's Frühstück!"

„Wunderbar", entgegnete ich. „Ich habe einen Mordhunger."

Außerdem war ich Gast hier und konnte somit der Ansage der Hausfrau ja schlecht widersprechen. Damit wandte ich mich aus Patricks Armen und verließ die Dusche.

Eigentlich war ich es gewohnt, zum Ende einer Dusche das Wasser kalt aufzudrehen. Für einen Augenblick kam ich in Versuchung, das auch dieses Mal zu machen. Aber ich ließ Patrick in Ruhe zu

Ende duschen – auch wenn das kalte Wasser vielleicht ein gutes Mittel gegen seine Morgenerektion gewesen wäre. Möglicherweise empfand er es aber auch so schon als kalte Dusche, dass ich ihn einfach allein zurückließ, nachdem seine Schwanzspitze bereits den ersten Kontakt mit meiner Muschi aufgenommen hatte.

Katja hatte tatsächlich schon das Frühstück bereitet. Als ich ins Schlafzimmer kam, saß sie nackt auf dem Bett, die Decken waren heruntergeschoben, und vor ihr standen zwei Tabletts mit aufgebackenen Brötchen, gefüllten Kaffeetassen, Käse, Honig und dergleichen mehr. Patrick gesellte sich ein paar Minuten später zu uns und wir machten uns über das Essen her.

Dass es nach dem Frühstück einen Nachtisch der besonderen Art gab, war wohl für uns alle selbstverständlich. Wieder stellte Patrick seine Standfestigkeit unter Beweis – und wieder kam keiner von uns auf die Idee, ein Gummi zu benutzen. Während Patrick mich von hinten nahm, fiel mich Blick auf den Nachttisch, auf dem sich das kleine Schälchen mit den Kondomen befand. Die aber waren nur am Vorabend zum Einsatz gekommen. Jetzt lagen sie dort unbeachtet – wie ein Spielzeug, auf das niemand mehr Lust hatte. Aber nachdem wir es in der Nacht schon blank gemacht hatten, wäre es mir als kindisch erschienen, nun auf ein Gummi zu bestehen. Und schließlich war es ohne ja auch viel geiler.

Auf der Rückfahrt nach Hannover starrte ich an diesem Nachmittag die meiste Zeit aus dem Fenster des ICE. Aber ich nahm die Wiesen und Wälder kaum wahr, sondern hatte ausschließlich die Bilder der vergangenen Nacht vor Augen. Und in diese Bilder schoben sich immer wieder die am Ende so sträflich missachteten Kondome auf dem Nachttisch meiner Einhornjäger.

Seit ich mich vor ein paar Monaten bei Joyclub angemeldet hatte, hatte gelernt, dass man blanken Partnertausch in Swingerkreisen als AO bezeichnete. Wobei die beiden Buchstaben eine Abkürzung für „alles ohne" waren. Mir wäre nie in den Sinn gekommen, dass ich mich zu dieser Spielart hinreißen lassen würde – ungeachtet der Tatsache, dass mein Freund Marco es vor Kurzem bei einem getrennten Partnertausch mit der anderen Frau ebenfalls ohne Gummi gemacht hatte.

Wären Katja und Patrick eine Zufallsbekanntschaft auf einer Swingerclub-Matte gewesen, dann wäre das auch niemals für mich infrage gekommen. Da war ich mir nun wirklich ganz sicher. Aber in dieser Nacht und in dieser Situation hatte es sich einfach ergeben. Irgendwie waren mir diese beiden Menschen in den wenigen Stunden, die wir miteinander verbracht hatten, doch sehr vertraut geworden. Ich hatte mich einfach fallen lassen und die Dinge geschehen lassen.

Ob Patrick unseren ersten Blankfick in der Nacht wohl geplant hatte? Oder hatte auch er sich dazu nur hinreißen lassen – sozusagen aus einer besonderen Situation heraus, aus der es dann einfach keinen Rückzug mehr gab.

Keiner von uns hatte dieses Thema später angesprochen. Auch Katja nicht, die davon ja wohl am meisten überrascht gewesen war. Es hatte sich so ergeben, und offensichtlich war es für die beiden stimmig gewesen – auch für Katja, die bei unserem Nach-Frühstücks-Sex ja hellwach und voll beteiligt war, als ihr Mann und ich es erneut blank machten. Wir hatten die restliche Zeit an diesem ausgedehnten Vormittag überhaupt nicht mehr viel geredet, nachdem wir das Frühstück beendet hatten. Die Zeit, die uns bis zur Abfahrt meines Zuges blieb, hatten wir im Wesentlichen mit Sex gefüllt.

Waren diese Blankficks mit dem Ehemann einer anderen Frau auch für mich stimmig? So ganz sicher war ich mir da nicht. Aber wenn ich ehrlich zu mir war: Missen wollte ich es auch nicht. Nichts von dem, was ich in dieser Nacht und an dem ausgedehnten Vormittag erlebt hatte. Mich befiel eine wundervolle Erkenntnis: Mein erster realer Solo-Kontakt bei Joyclub war ein absoluter Volltreffer gewesen. Bei weiteren Kontakten in diesem Forum sollte ich feststellen, dass das nicht unbedingt immer der Fall war.

Die Frage, die sich mir während dieser Zugfahrt stellte, war nun allerdings: Was davon würde ich Marco erzählen? Er wusste ja von meiner Verabredung in Kassel. Mit Sicherheit würde er mich über alle Details meiner Nacht zu dritt ausfragen. So etwas erregte ihn, wie ich nur zu gut wusste. Mir ging es umgekehrt ja ebenso. Aber sollte ich ihm auch verraten, dass Patrick und ich es ohne Gummi gemacht hatten? Da auch er das mit einer anderen Frau bereits getan hatte, konnte er mir das ja schlecht verübeln. Aber möglicherweise würde er das als eine Tendenz werten – und das sollte es doch besser nicht werden. Ich hatte in dieser Nacht meinen Kopf abgeschaltet und mich fremd besamen lassen. Es war geil gewesen. Aber hinter die Frage, ob ich so etwas öfter erleben wollte, setzte ich doch ein großes Fragezeichen. Ein sehr großes!

Dennoch hatte ich die unbestimmte Ahnung, dass uns dieses Thema beim Swingen erneut begegnen würde.

Nina Noisee

19 Swinger-Paare und eine Silvesterparty

Bekenntnisse einer Swingerin (3)

Auszug aus Teil 3:

Mir tat meine blöde Bemerkung wirklich leid und ich überlegte, ob ich das irgendwie doch wieder glätten konnte. Ich verließ die allgemeine Wohn-zimmer-Orgie und ging ihm nach. Allerdings konnte ich meinen Schnellspritzer nicht sofort entdecken.

Dafür fiel mein Blick in eins der Zimmer, in dem ich noch nicht gewesen war. Es war wohl ein Gästezimmer oder etwas in der Art. Jedenfalls stand darin ein Doppelbett, das jedoch nicht so groß war wie das Ehebett im Schlafzimmer unserer Gastgeber. Und auf diesem Bett vergnügte sich ein Paar: Marco und die Blondine aus der Küche.

Ich blieb in der geöffneten Tür stehen und sah den beiden zu. In dem Raum herrschte ein ebenso schwaches Licht wie im Flur, aber ich konnte dennoch gut erkennen, wie sich Marcos knackiges Hinterteil zwischen den Beinen der Frau hob und senkte. Er nahm sie offensichtlich mit tiefen, gefühlvollen Stößen, sie hatte ihre Fingernägel in seinen Rücken gekrallt. So etwas machte ich auch hin und wieder, wenn ein Fick besonders erregend war.

Marco packte die Frau irgendwann und drehte sich mit ihr. Sie saß nun auf ihm, und er stieß sie von unten. Ich konnte seinen Schwanz zwischen ihren Pobacken deutlich erkennen. Er kam weit zum Vorschein, um im nächsten Augenblick wieder tief in ihr zu verschwinden. Mein Blick klebte regelrecht an diesem Po mit dem Schwanz meines Freundes dazwischen. Ich hatte ihn in ähnlichen Situationen beim Swingen ja schon des Öfteren gesehen und empfand das stets als erregend. Dieses Mal allerdings tauchte mich der Anblick in ein Wechselbad der Gefühle: Marco und die fremde Frau machten es ohne Kondom! Mein Eindruck, dass bei dieser Party eine gewisse Tendenz zum gummifreien Partnertausch herrschte, war offenbar nicht so falsch gewesen.

„Sie ficken blank", hörte ich plötzlich eine flüsternde Stimme hinter mir.

Ich sah mich um und blickte in das Gesicht eines Mannes, überlegte ein, zwei Sekunden, und wusste dann, dass dies der Partner der Blonden war, mit der Marco soeben vögelte. Mir waren die beiden in der Frühphase der Party aufgefallen, ich hatte sogar ein paar Smalltalk-Worte mit dem Mann gewechselt.

„Ja", bestätigte ich ebenso leise und sah wieder in das Zimmer. „Es sieht ganz so aus."

„Es sieht nicht nur so aus", flüsterte er mir nun ins Ohr.

Er packte mich an den Hüften und drückte sich gegen meinen Po. Sein Schwanz war steif und hart. Ganz offensichtlich erregte ihn der Anblick seiner fremd fickenden Frau. Naja, mich erregte der Anblick ja auch.

„Maike mag keine Gummis", fügte er hinzu.

„Wer mag die schon?", sagte ich leise und eher zu mir als zu ihm.

Gehört hatte er meine Bemerkung aber wohl trotzdem. Anders als Marco und seine Frau. Ich hatte nicht den Eindruck, dass sie etwas von den Zuschauern im Türrahmen bemerkten.

„Da hast du recht", hörte ich die Worte des Mannes in meinem Ohr. „Ich auch nicht. Du denn?"

„Naja", murmelte ich, ohne zu wissen, was ich darauf entgegnen sollte.

Also ließ ich es und setzte den Ansatz einer Erwiderung nicht fort. Mir stand auch nicht der Sinn nach Konversation. Dafür war ich viel zu gebannt von dem Blick auf Marcos Schwanz zwischen den Pobacken der Frau – und von dem Gefühl des harten Schwanzes, der sich immer mehr gegen meinen Po drückte.

Kontakt zur Autorin: NinasBuchPost@web.de